Werner Veidt, Mr schlotzt sich so durchs Ländle

WERNER VEIDT

Mr schlotzt sich so durchs Ländle

Gedichte und Geschichten
in
schwäbischer Mundart

VERLAG KARL KNÖDLER
REUTLINGEN

4. Auflage 1993

Printed in Germany 1993
Umschlagfoto: Enzmann, Stuttgart

Herstellung: Druckerei Harwalik GmbH, Reutlingen
ISBN 3-87421-065-0

Meiner Lebenskameradin Erika
in Dankbarkeit zugeeignet

Werner Veidt hat einen herrlichen Riebeleskopf: ein Gesicht, über das Regen, Sonne und Wind gegangen sind, wie über das Gesicht eines Schäfers. Seine hohe Stirn unter den späten, silbergrauen Lausbubenfransen. Die listigen, klein gewordenen Augen.

Er verstrahlt eine wehmütige Heiterkeit und den undressierbaren schwäbischen Witz.

Er hat die Stimme eines Pfeifenrauchers, und er orgelt so nett, wenn er schwätzt. Er könnte Pfarrer sein, Wengerter, Gärtner, Fährmann. Er könnte einen Dreispitz tragen, und eine Gans unter dem Arm, wie ein Bäuerle von früher. Er könnte ein Schwejik sein, oder ein Puntila. Das alles ist er nicht, oder von jedem ein bißle: er ist Schauspieler und Autor, ein Poet mit Patina. Und er ist ein liebenswürdig bescheidener Mensch.

Er ist populär geworden durch seine mundartlichen Straßenkehrer-Szenen, und noch populärer als schwäbischer Bruddler in der Fernseh-Abendschau des Südfunks Stuttgart. Er kann hinreißend streitsüchtig aussehen, wenn er bruddelt. Und hinter allen seinen Bruddeleien steckt ein tiefer Sinn: macht uns nicht kaputt.

Er ist seiner Art nach ein Brettlkünstler: Sketche, schwäbische Gemütszustände, grobe und versponnene Gedichte, möglichst selber gespielt, selber gesprochen, selber geschrieben.

Es muß nicht Literatur sein, aber es muß heraus, und es klingt immer nach zweierlei: ins Leben verliebt, und vom Leben betroffen.

Von Werner Veidt, oder über ihn, sind etliche Bändchen erschienen, in einer stolzen Gesamtauflage von um die 100000 bisher. Es sind leise Bücher, es ist ein leiser Erfolgsvorgang. Das paßt zu ihm. Das paßt zu seinen Lesern.

Dies ist das neueste Bändchen, auch wieder lustig und traurig, wie es jeder gelernt hat, der über die 70 ging, und nun nicht mehr älter wird. Es ist ein Reichtum an Erfahrungen und Betrachtungen, der sich nicht lernen läßt, den man halt leben muß. Und wenn die Ernte so aussieht, hat es sich gelohnt.

Knitz

Hochmut kommt vor dem Fall –
und wer im Dialekt schreibt,
kommt darin um.

Dieses Büchlein erhebt nicht den Anspruch, als ein mit fachlichem Wissen - erschöpfenden Zahlen und Statistiken angereichertes Nachschlagewerk angesehen zu werden.
Es möchte nur im bescheidenen Rahmen dazu beitragen, dem Einheimischen und insbesondere dem Reingeschmeckten den schwäbischen Wein in einer heiteren besinnlichen Form schmackhaft zu machen.

Werner Veidt

Das Fehlen des Weines in der menschlichen Gesellschaft ist ein so großes Elend, daß dieserhalb Jesus Christus das erste Wunder wirkte.

Pascal

Das Viertelesglas

Vor alten Zeiten wurde auch bei uns zu Land der Wein im Steinkrug und im Becher gereicht. Man hat einen „gebechert". Im Lauf der Jahrhunderte jedoch hat sich das schwäbische Viertelesglas immer mehr durchgesetzt. Man ist dahinter gekommen, daß der Wein auch ein Gesicht hat. Man will ihn sehen, bevor man ihn atmet und schmeckt. So haben wir heute nahezu ein Dutzend verschiedener Gläser, in denen das köstliche Naß auf dem Tisch leuchtet. Ungeachtet der modernen, runden, halbrunden, ovalen, tulpenförmigen und langstieligen Formen, bevorzugt der Schwabe mit Vorliebe sein altgewohntes liebgewordenes Viertelesglas, vor dem er oft stundenlang, ohne durch das umständliche und ständige Nachfüllen gestört zu werden, sitzen und brüten kann. Freilich werden mitunter bei besonders feierlichen Anlässen erlesenere Jahrgänge in extravaganten, zum Teil geschliffenen Gläsern aufgetragen. Bei der Taufe, Konfirmation, Kommunion, bei Hochzeiten und Beerdigungen. Man fügt sich anstandshalber der Unmode; aber ich kann mir nicht helfen: Bei so einem schwäbischen Leichentrunk mit dem Viertelesglas kommt man eben viel schneller in Stimmung.

Weinetikett

Als es in Württemberg noch keine Weingärtnergenossenschaften gab, und jeder Bauer seinen Eigenbau so nebenher betrieb, kehrten an einem heißen Sommertag zwei Tübinger Professoren nach anstrengender Wanderung in einem kleinen Dorfwirtschäftle ein. - Sämtliche Familienmitglieder waren draußen auf dem Feld, um die Ernte einzubringen; nur die alte Großmutter hatte man daheim gelassen, um das Haus zu hüten. Die beiden Herren ließen sich am sogenannten Stammtisch nieder und fragten nach der Weinkarte, die ihnen von der Alten auch sofort gereicht wurde. Nach längerem hin und her einigte man sich auf eine Flasche vom Besten. Darauf verschwand die Großmutter mit dieser Bestellung in Richtung Keller und kam eine Ewigkeit nicht wieder.

Nach langem Warten, die Herren wollten eigentlich schon wieder gehen, erschien sie mit einer Flasche Wein unter dem Arm. In der anderen Hand hielt sie eine alte Zigarrenkiste; stellte beides auf den Tisch und sagte: „So, die Herre, do wär jetzt der Wei' - ond in dem Kästle hent mir onsere Etikettle drin. Ih find nämlich mei Brill net. - Jetzt tun Sie sich's ebe selber draufbäbbe, was Sie gern trinke möchtet."

„Ruhe sanft"

Unsere schwäbischen Dichter und Denker, inmitten ihrer rebenbewachsenen Hügel und Tälern aufgewachsen, hatten dafür auch keinen einheitlichen Maßstab. Schiller hat sein Viertele bestimmt anders genossen, als zum Beispiel Schubart. Hölderlin wieder anders als Ludwig Uhland, Eduard Mörike oder gar der Dichter-Arzt Justinus Kerner.

Diese Reihe könnte man beliebig fortsetzen; aber belobt und besungen haben sie ihren „Württemberger" alle, und wer weiß, ob die vielen großen Gedanken niedergeschrieben worden wären, wenn nicht der Wein die Geister beflügelt hätte. Aber auch die Einfältigen im Land hat er immer wieder angeregt. Wie zum Beispiel den Josef Grottenthaler, seines Zeichens Dorfschmied und Feuerwehrhauptmann in der fünfhundert Seelen zählenden Gemeinde, als er seinem so plötzlich verstorbenen, trinkfesten Kumpan Christian Pfladerer die Grabrede halten sollte. Ungeübt in der Abfassung eines Textes bat er den Gemeindepfleger, ihm doch ein paar passende Sätze auf einen Zettel zu schreiben, um sie - im Inneren seines Zylinderhutes versteckt - auf dem Friedhof ablesen zu können. Der Gemeindepfleger tat ihm den Gefallen, aber es brauchte doch einige

Viertele Mut, bis sich der Grottenthaler an die offene Grube wagte. Nachdem der Sarg hinabgelassen war, der Pfarrer seine Predigt beendet hatte, gab sich der Grottenthaler einen mächtigen Ruck und trat schweißgebadet an das Grab. Sein grausiger Schnurrbart zitterte wie ein naß gewordener Hund. In der linken Hand den schweren Kranz und mit der rechten schwenkte er ungeschickt seinen Zylinder. Aber, oh Schreck - der Zettel war weg.

Er mußte wohl beim Abnehmen des Hutes herausgefallen sein und irgend einer stand drauf. Mit belegter Stimme setzte der Grottenthaler, von allen guten Mächten verlassen, zu seiner Rede an: „Lieber Christian! Im Namen unserer traurigen Feuerwehr lege ich diesen Kranz an deiner letzten Bahre nieder;“ dann übermannte ihn der Schmerz um den Verlust des verstorbenen Freundes und mit brechender Stimme entrangen sich seiner tränenerstickten Kehle nur noch die Worte: „Ruhe sanft ond bleib gsond.“

Der Federweiße

Daß der Wein - vom Onkel Doktor verordnet - Medizin sein kann, ist eine alte Binsenweisheit. Daß er aber in einem bestimmten Übergangsstadium regenerierend auf den menschlichen Organismus wirkt, wird im allgemeinen viel zu wenig beachtet. Dieser überlieferte Wengerter-Glaube ist durch neueste wissenschaftliche Erkenntnisse vollauf bestätigt worden.

Der „Federweiße" gilt als einfaches und erfolgreiches Verjüngungsmittel, wenn er seine trübmilchige Farbe angenommen hat und wenn das Faß einer brodelnden Lava-Masse gleicht. Man darf daher annehmen, daß wir uns alle ewig jung erhalten könnten, wenn es das ganze Jahr hindurch diesen „Federweißen" gäbe. Leider aber hält er sich in diesem Zustand nur für Stunden oder wenige Tage. Daher müssen eben auch die Schwaben sterben.

Der Sonderlinger

Unser Wein ist ein Besonderer. Er biedert sich dem „Reingeschmeckten“ nicht gleich auf Anhieb an. Er fällt ihm auch nach dem ersten Schluck nicht spontan um den Hals. -

Zunächst fremdelt er ein bißle, und man muß Geduld mit ihm haben, bis er einem eines Tages von selbst das „Du“ anbietet. Dann aber ist eine Freundschaft geschlossen, die für das ganze Leben hält.

Napoleon I.

Als Napoleon I. am 2. Oktober 1805 nach Ludwigsburg kam, um den Schwabenherzog, den er klugerweise kurz zuvor zum Kurfürsten gemacht hatte, zu einem Militärbündnis zu überreden, war das damals für Württemberg eine schicksalhafte Stunde. Wir alle, die wir die Geschichte unseres Landes kennen, wissen, wie schwer unserem Herzog die Entscheidung damals gefallen war. Aber er war der Schwächere und mußte nachgeben. Zum Dank dafür verlieh ihm der Franzosenkaiser den Königstitel. Dafür mußte er aber an die 10000 Mann Soldaten stellen. Ein Königreich mit Blut bezahlt.

Indessen kursiert heute noch im Ländle die Sage: Das Zustandekommen des Bündnisses mit Frankreich sei nicht allein der Intelligenz der beiden Despoten zuzuschreiben; der schwäbische Wein, den der Kurfürst seinem hohen Gast angeboten habe, sei auch ein bißle daran schuld gewesen.

Jedem das Seine

So leicht wie mit den Bayern hat es der Herrgott mit seinen Schwaben nicht gehabt. Den ersteren schenkte er eben ihr Bier. Damit gaben sie sich zufrieden und sind es heute noch.

Bei den Schwaben aber, von denen jeder ein Besonderer ist, wäre er damit schlecht angekommen.

Deshalb gab er jeder schwäbischen Gegend ihren eigenen Wein. Den oberen und mittleren Neckartälern. Den Remstälern - Bottwartälern - Stuttgartern und denen vom Weinsbergtal, Kocher-Jagst und Taubergrund. Den Hohenlohischen von der Öhringer Gegend und allen anderen.

Damit will ich nicht sagen, daß wir Schwaben nicht auch gerne unser Bier trinken. Die schwäbische Braukunst kann stolz auf eine jahrhundertalte Tradition zurückblicken. Könnte sonst in München neben dem Hofbräuhaus der Ausschank einer unserer namhaftesten Stuttgarter Brauereien existieren? Auch während meiner Gastspielreise durch Amerika habe ich dort schwäbisches Bier bekommen.

Doch bei besonderen Anlässen mögen wir auf den Schluck Wein nicht verzichten, denn ein heiliges Abendmahl mit Bier wäre für uns einfach unvorstellbar.

Eine Lanze für unsere Goge

Unsere Tübinger Goge werden seit Jahr und Tag als Zielscheibe für rechte und mitunter auch schlechte Witze mißbraucht. Aber, was sollen sie sich ärgern? Den Friesen geht's momentan auch nicht besser.

Immerhin sind unsere Goge durch ihre Schlagfertigkeit, ihren Humor und ihren hintergründigen Witz im ganzen Land berühmt geworden. Und was das wichtigste ist: ein echter Gog ist noch keinem etwas schuldig geblieben. Auch dem Neubürger nicht, der nach dem zweiten Weltkrieg aus der Breslauer Gegend nach Tübingen verschlagen wurde und eines Tages mit seinem Hund in den Weinbergen spazieren ging. Er setzte sich auf eine Wengertstaffel und ließ seinem Hund freien Lauf. –

Plötzlich stand der Tübinger Wengerter, der Besitzer des Weinbergs vor ihm und herrschte ihn an: „Saget Sie amol, was fallt Ihne eigentlich ei? Ischt dees vielleicht Ihr Wengert?" – Der Fremde wußte zunächst nicht, wie er reagieren sollte, und um dem strengen Blick seines Gegenübers auszuweichen, schaute er hinauf zu den weiß-blauen Wölkchen, die behäbig über den Tübinger Hügel zogen. Wie von einer plötzlichen Eingebung erleuchtet, zeigte er nach oben, und antwortete mit der Gegenfrage: „Ist das da oben vielleicht Ihr Himmel?“

Unser Landsmann dachte eine kurze Weile über die Antwort des Fremden nach, dann packte er ihn entschlossen beim Arm, ging mit ihm in die nächstgelegene Gastwirtschaft - und lud ihn ein zu einem Viertele.

Unsere Dichter und ihre Weine

Denk ich an's Ländle, fallen mir unwillkürlich seine Dichter-Philosophen ein, zwangsläufig aber auch seine Weine. Ohne die einen kann ich mir die anderen garnicht vorstellen. Kaum einer unserer Dichterfürsten ist stumm oder gar achtlos an dem kostbaren Geschenk seiner heimatlichen Erde vorübergegangen. In unvergänglichen Versen und Liedern haben die schwäbischen Genien dem göttlichen Feuer ihrer Landschaft gehuldigt.

Es mag auch nicht von ungefähr gekommen sein, daß Theodor Heuss im Jahre 1905 seine Doktorarbeit über den Weinbau geschrieben hat und seine geflügelten Aussagen: „Der Wein ist ein hervorragender Gesellschafter - aber ein gefährlicher Kumpan", oder: „Wer Wein trinkt betet - wer Wein säuft sündigt", sind längst Volkseigentum geworden.

Was muß der Dichterarzt Justinus Kerner empfunden haben, als ihm spontan die Worte in die Feder liefen: „Wohlauf noch getrunken den funkelnden Wein", oder Eduard Mörike, wenn er seinen Zeitgenossen zuprostete: „Wir sind guter Dinge. Trinket! Trinkt und singt dem Gott der Reben!"

Auch Friedrich Schiller kann kein Kostverächter gewesen sein. Hätte er sonst seinen Freunden zurufen können: „Dreimal gesegneter Trank! Dich gewann mir die Muse, die Muse schickt dich, die Kirche selbst drückt das Siegel dir auf!“

Es geht mir immer eine ehrfurchtsvolle Gänsehaut über den Buckel, wenn ich bei Hölderlin lese: „Brot ist der Erde Frucht, doch ist's vom Licht gesegnet. Und vom donnernden Gott kommet die Freude des Weins.“ -

Oder wenn ich meinen unmittelbaren Nachbarn zur Hand nehme - August Lämmle! Bei einem seiner schönsten Verse fühle ich mich jedesmal persönlich angesprochen, wenn er sagt:

„Von dem Tau des Himmels
Und der Erde Kraft
Tausendfach gesegnet
Quillt der Rebe Saft.
Und es schließt ihr goldner Wein
Sonne - Mond - und Sterne ein.“

Sei mir bitte nicht bös, lieber Leser, aber dabei bekomm' ich jedesmal Durscht.

Ähnlich mußte es auch meinem großen unvergeßlichen Kollegen Willy Reichert ergangen sein, wenn er mir nach einer gemeinsamen Fernsehsendung an seinem Stammtisch im Stuttgarter Ratskeller nach zwei Viertele vertraulich ins Ohr flüstern konnte: „Im Witz und Wein liegt die Wahrheit."

Leider aber werden unsere gemütlichen Stammtische beim Viertelesglas immer weniger. Kein Geringerer als der zeitgenössische schwäbische Heimatdichter Dr. Friedrich E. Vogt hat das treffender zu formulieren vermocht, indem er sagte: „S'ischt nemme dees - s'ischt nemme dees".

Diese seine Feststellung hat mich damals beim Lesen sehr beeindruckt und ich wollte der Sache auf den Grund gehen und wanderte nun von Abend zu Abend von einem schwäbischen Stammtisch zum anderen. Das Ergebnis war vernichtend; so enttäuschend, daß ich am Schluß meiner Inspektionsprüfung nur noch resignierend feststellen konnte:

„In jeder Wirtschaft, wo mr au isch -
Oe Arschloch hat mr immer am Tisch."

Vom Herr Innenminister

Fritz Ulrich, lange Jahre beliebter und geschätzter Innenminister unseres Landes. Jeder der ihn gekannt hat, weiß um seine Fähigkeiten als Politiker. Er war im wahrsten Sinne ein gerader populärer Volksvertreter und wer das Glück hatte, persönlichen Kontakt mit ihm zu bekommen, der weiß, daß er nicht nur den Boden seiner Heimat liebte, sondern auch dessen Erzeugnisse. Vom Württemberger Wein verstand er mehr als mancher sogenannte Experte und wenn er gelegentlich bei einem Viertele in fröhlicher Runde mit Freunden zusammensaß, konnte er einen Trinkspruch buchstäblich aus dem Ärmel schütteln. Einer seiner Geistesblitze ist mir noch im Gedächtnis haften geblieben. Aus dem Augenblick heraus ergriff er sein Glas und zitierte sich selbst:

„Der Weinbau ist ein hart Problem,
Beim Hacken - Spritzen unbequem,
Jedoch beim Trunk, das muß ich sagen,
Läßt sich das Fachgebiet ertragen."

So kehrte er eines Tages während des Urlaubs mit einem intimen Freund in einem ländlichen Gasthof ein. Der Minister war dort bekannt und die Bedienung, das Rösle, brachte ihm ohne Aufforderung sein gewohntes Viertele, während sein Freund sich auf den Flur hinausbegab, um sich die Hände zu waschen. Nachdem er zurückgekehrt war, griff er nach der Weinkarte und sagte: „Du Fritz, ih han en mordsmäßige Durscht."

Worauf der Minister schmunzelnd meinte: „So weit laß ich's bei mir erscht gar net komme."

Beim Absingen unserer inoffiziellen schwäbischen Nationalhymne „Preisend mit viel schönen Reden" blieb es diesem Urschwaben daher auch vorbehalten, den letzten Vers textlich etwas umzugestalten und mit seinem gewaltigen Organ laut zu schmettern:

„Graf im Bart
Ihr seid der Reichste,
Euer Land trägt Edelwein."

Vom Großvater

Mit seinem Bart könnte er heute manchen deutschen Jüngling in den Schatten stellen. Daher kommt es auch, daß, wenn ich durch die Straßen gehe, es mich hin und wieder pfupfert, einen mir begegnenden achtzehnjährigen jungen Bundesbürger mit „Guten Morgen Opa" zu grüßen.

Damals aber war der Bart die Zierde eines gestandenen Mannes, und daß der Großvater ein Gestandener war, ging schon daraus hervor, daß er bis kurz vor seinem Tode ein mäßiges, dafür aber auch ein streng regelmäßiges Leben führte.

Wenn die Tagesarbeit am Spätnachmittag beendet war, hielt es ihn nicht mehr in seinen vier Wänden. Er setzte sein Jägerhütle auf, griff nach dem Spazierstock und ging zu seinem Dämmerschoppen. Dabei wechselte er ständig das Lokal. Er hatte keinen festen Stammtisch, denn er liebte die Abwechslung beim Gespräch. Wo er auch immer aufkreuzen mochte, wurde er allseits freundlich aufgenommen, und in welchem Kreis er sich auch befinden mochte; wo der Großvater saß – war immer Stammtisch. Er unterhielt sich mit dem Feldschütz genau so prächtig wie mit dem Schultes. Schwierigkeiten hatte er eigentlich nur mit dem Nachhauskommen. Denn da wartete die Großmutter. Sie saß dann stundenlang in ihrer Stube bei der Petroleumlampe und las in der in Schweinsleder gebundenen Bibel, die übrigens heute noch in meinem Besitz ist.

Wenn dann aber endlich die Haustür klapperte, konnte sie aufspringen und ihm bittere Vorwürfe ins Gesicht schleudern: „Jetzt mittle in dr Nacht kommscht du daher? Schämscht du dich eigentlich net, mit wem hascht denn wieder gsoffe?“ –

Diese sich regelmäßig wiederholenden Gardinenpredigten gingen dem Großvater mit der Zeit auf den Wecker und eines Nachts, als es wieder etwas spät geworden war, kam ihm folgender Gedanke: Laut polternd schloß er die Haustür auf, und obwohl er ganz allein war, rief er mit schmetternder Stimme in die Dunkelheit hinaus: „Also dann, Gut Nacht Herr Schultheiß – Gut Nacht Herr Pfarrer und Gut Nacht Herr Vikar.“

Von dem Tag an hatte der Großvater keine Schwierigkeiten mehr mit dem Heimkommen.

Des Sängers Fluch

Vor so fünftaused Jährle
Vielleicht viertaused bloß
Do stand bei Neck'rweihinge
Amol e' Königsschloß.

Dees war e recht's nett's Schlößle
Mit ällem dra komplett,
Ond drinne drin e König,
Der war lang net so nett.

Dees war e alter Rauhbautz,
Er hat sich nie rasiert,
Sei ganz Gsicht voller Wartze -
Ond so hat der regiert.

En feuerrote Schnurrbart
Wie d'selte no oen siehscht,
Voll Kraut ond Suppenudle,
Für en König oefach wüest.

Sei A'zug war vertrüelet
Er hat en niea butze lao
Sei Krone halbe verrostet
Er hot's niea vom Kopf ra'tao.

Do kommet zwei Musikante
Amol den Schloßberg nauf,
Die schloefet e Harfe am Buckel
mit Schweiß ond viel Geschnauf.

Se höret von sellem König
Ond seiner schöne Frau.
„Was moenscht“ sait dr Alt zom Junge,
„Ih glaub, do spiele mir au?

Es sei zwor e schlechter König
Han i mir sage lao.
Musikghör' net für fünf Pfennig,
Was moenscht denn - wööle mr gau?“

„Ha no“, sait dr' Jung zum Alte:
„Jetzt bleibet mr ebe do.
Er kann jo net abschalte,
S'geit no koen Radio.“

So dabbet se mitenander
Weiter den Schloßberg nuf,
Dr Alt sait no zu seim Junge:
„Gelt Gottlieb, pascht mr fei uf.

Z'erscht kommt mei Harpfesolo
Ond nochher kommscht du dra,
Ond guck no untrem Singe
Recht oft d'Frau König a.

Sing deine höchste Töner,
Dees gfallt ihre sicher guet,
Je häocher desto schöner,
Do kommt sie e bissle in Gluet.

Wenn oener mit gschlossne Auge
Die höchste Tön nausdruckt,
No werdet, därfsch mr's glaube
Die Weibsleut älle verruckt."

Schau standet se vor em König,
Der guckt fei o'guet drei.
Dees bildschö Weib drnebe
Wird wohl d'Frau König sei?

„Was wennt Ihr mit dere Harpfe?
Krawall - dees fehlt mir no,
Hent Ihr koe andere Ärbet,
Hent Ihr nix gscheiters z'do?"

Da greift der Alt in d'Harpfe,
Er spielt se wunderschö.
Dr Jung mit gschlossene Auge
Druckt älls sei To in d'Höh.

Se singet die neu'schte Schlager:
Sonny Boy ond Laß mich mal
Ond außerdem hent se uf Lager
No s'Lied vom Wiesetal.

D'Königin schreit begeistert:
„Prima - dees isch koe Lueg,
Do Büeble, ih schenk dir e Rose
Von dene hent mr jo gnueg."

„Waaaas" brüllt do der alt König,
„Du dreckete Zibebe -
Dees wär mir doch no z'wenig,
Ih glaub, du buhlst mir dernebe.

Ond Dir, du Saugog du frecher"
Der König tuet schreckliche Flüech:
„Dir will ih dei Singe vertreibe -
Du Hundsbue, du Lompesiach."

Er zielt wie mit e're Lanze,
So schmeißt er dem arme Bue
En gschliffene Säbel in Ranze –
Mit Koppel ond Kochgschirr derzue.

„Ond Du, du alter Zigeuner,
Dih schmeiß ih jetzt hochkantig naus.
Dui Harpfe nimmst mit ond dei Kleiner,
Den teant mr in's Krankehaus."

Der Alt goht naus zu dem Gaarte.
Erscht drauße wird er empört,
Ond do hat er s'schimpfe a'gfange –
Wo 'ner weiß, daß dr'König net hört:

„Dees sind mir ja nette Zueständ,
Do könnt oem jo älles vergauh!
Zu was zahl denn ih meine Steuere?
Mueß ih mir dees biete lau?

Von so'me dreckete Hammel,
Dees ischt scheints drfür dr Dank.
Jetzt hent mir die Harpfe do rufgschleift
Ond der Bue liegt do ond ischt krank."

So schreit er ond schmeißt sei Harpfe
De Berg na, daß sie versprengt.
„Was nützt mir die ällerschönst Musik,
Wann ih neamerds maih hau, der mr' singt?

Was han ih von dene Gärte,
Was nützt mir der ällerschönscht Bau,
Wann e solcher Rüebel drin romlauft,
Der nix weiter kennt als Radau?

Du Schereschleifer, du Trüeler,
E Dreckkopf bischt immer scho gwe' -
Du Saukerle vom e König,
Oh hätt ih dih bloß nih gseh!

Narr ufghängt ghört der alt Schlamper,
Der so seine Leut seckiert.
Der därf koene Nachkomme kriege,
Der Kerle ghört sterilisiert.

Verfluecht sei älls dees Glomp do,
Sei Name sei verhunzt -
Solang bis kaum e'Hund no
Sein Gartezau' a'bellt."

Ond wie er's gsait ist's komme,
Vom Schloß siehscht bloß no wenig.
Ond selles schöne Weibsbild
War bald d'Frau Witwe König.

Das Reich ischt längscht versunke,
Mr liest's au in keim Buch:
Verloge ond verstunke. -
Das war des Sängers Fluch.

(Freie Bearbeitung der gleichnamigen Parodie von Alfred Weitnauer. 1936 bei J. Th. Stettrer, Lindau erschienen).

Von der Annemarie

Als sie noch nicht Frau Minister war, sondern treu und brav dem Landratsamt Ludwigsburg als Fürsorgerin diente, begab es sich eines unseligen Montagmorgens, daß ihr preisgünstiger Kaufhauswecker infolge eines Getriebeschadens zu läuten vergaß. Mitten aus dem Traum ihrer zukünftigen Karriere heraus fuhr sie hoch und schrie: „Um Gotteswille!", flog in ihre Kleider, und ohne Frühstück wie ein Jumbo-Jet hinaus ins nackte Leben.

Dabei immer verzweifelt vor sich hinschimpfend: „Dees setzt ebbes - dees setzt ebbes."

Aber der gütige Zufall wollte es, daß ein rettender Engel in Form einer beachtlichen Limousine direkt neben ihr an der Bordkante anhielt. Die Türe flog auf, und eine energische Männerstimme rief: „Steigen Sie schnell ein, Frau Griesinger, wir haben denselben Weg."

Es war der Dienstwagen ihres obersten Chefs, des Herrn Landrat Dr. Ebner. Atemlos erschöpft ließ sich das Annemariele - damals hatte sie noch eine Figur wie eine Gazelle - in den Beifahrersitz fallen, kramte nervös in ihrem Handtäschle nach einem Tempotuch und stöhnte: „Da hab ich ja noch einmal Glück gehabt, daß Sie mich aufgelesen haben. Was glauben Sie, was mir passiert wär, wenn ich zu diesem wichtigen Termin zu spät gekommen wäre. Der Alte, Sie kennen ihn ja, der hätte mich vielleicht zur Sau gemacht." Worauf vom Rücksitz des Wagens eine ihr wohlvertraute Stimme antwortete: „Der Alte hockt hinte."

Die Bahnhofsdäuble

Neulich mit're Anverwandte
Bin ih an Gleis vierzeah gstande,
Wo die Däuble sich vermehret
Ond gelegentlich entleeret. -
Mir hent auf den Eilzug gwartet
Der in Richtung Pforze startet.
Aber wie's oft meistens geht
Hat der Zug Verspätung ghet.
Deescht mir öfters scho passiert -
Ond zwar immer, wenn's pressiert.
Wie ih bruddelt han vor Wuet
Tuet's en Pflatscher uf meim Huet.
Glei druf fahrt der Eilzug ei.
Auf meim Huet dui Sauerei
Han ih erscht im Abteil gseh.
- Deescht au typisch Schtuegert gwe'.

Uf dr Prag

Was mih onlängst gwondert hat,
Daß ih mittle in dr Stadt
E paar Küehle weide gseh'.
Deesch't au typisch Schtuegert gwe'.

D'Nudelsupp

Dr Bauer ischt mit em Weib ond seine vier Buebe beim Mittagesse gsesse. Es hat Nudelsupp gebe. Sie hent gschmatzt wie d'Säule am Trog. Uf oemol sait dr Ältest: „Du Vadder, dir hangt e Nudel am Rüessel." – Worauf der zwoeite Bue gmeint hat: „Sait mr zum Vadder seiner Gosch au Rüessel?" Do ist der dritte Sohn aufgstande, hat sein Löffel auf de Tisch gschmisse ond hat gschriee: „Also Vadder, wenn du dir dees gfalle läscht, no bischt e großer Scheereschleifer!"

Jetzt ischt es dem Vadder zu dumm gworde. Er ischt aufgespronge vom Tisch, hat den Rohrstock glangt, ond wie die Buebe den Vadder mit dem Stock in der Hand gsehe hent, älle selbander auf und naus zur Tür. –

Ond der Kleinste, des fünfjährige Ottole hat au sei Löffele na'gschmisse, ist von seim Stüehle runtergrutscht und au naus zur Tür wölle. Da schreit ihm sei Vadder nach: „Ja, du brauchst net dervonlaufe – du hast nix gsagt, dir tue ih nix!" Worauf sich dees Ottole omdreht und unter dr'Tür no rei'grufe hat: „Lombeseckel, ih kenn dih!"

Vom Waldhornwirt

Dr Waldhornwirt isch am Sterbe gwä',
Do hot's koe ärztliche Hilf maih gä'.
Drom hot mr schnell no de Pfarrer bstellt.
Der hat sich zue'nem ans Bett na'gstellt,
Hat em guet zuegsproche ond hat gsait:
„So Waldhornwirt, bald send mr soweit.
Ond weil d'e braver Chrischt gwese bischt,
kommscht au in Himmel, was d'Hauptsach ischt.
Durch Gottes Gnade, stell dir dees vor,
Eingeh' dürfe ins himmlische Tor.
Heimgeh' zum Vadder in d'Ewigkeit,
Wo's keine Sorge, kei Leid maih geit.
Dort bischt onsterblich - dort hascht dei Rueh,
Ond d'Engel singet im Chor derzue."

„Oh Herr Pfarrer," sait dr Waldhornwirt do,
„Se lobets in letschter Zeit au nemme so."

E' Bombeleich

S'Weib hat de Eimer zum Stall naus'tra'
So kann's im Leabe manchesmal geh' -
In deam Moment hat dr Gaul nausg'schla',
Ond aus war's - vorbei - maustoat ond hee.

Aber e Bombeleich hat se ghet,
D'Leut hent sich fascht om die Stehplätz grauft.
Was mr garnet vermuetet ghet het,
Dr' Kirchhof war praktisch ausverkauft.

Wie se no de Sarg na'glasse hent
Hat mr sich ebe langsam verdruckt,
Bis uf de Witwer - der hat no gflennt
Ond hat no am Grab en Kranz z'recht gruckt.

Dees mueß em Pfarrer aufgfalle sei,
Drom ischt er nomal zurück ans Grab,
Hat dem Witwer bescheinigt derbei,
Wie gfaßt er sich heut benomme hab.

Bloß eins sei ihm aufgfalle derbei:
Wenn ihm die Weibsbilder kondoliert,
Häb er bloß gnickt ond gheult zwischenei,
Die Männer aber nicht estimiert.

Die häb er einfach grad lasse steh.
E bißle häb ihn dees irritiert.
Er mein: wie mr die Sach au seh,
Se hättet ihm doch au kondoliert.

Do ischt dem Witwer dr Krage platzt.
„Waaas," hat er gschriee, „laß mih bloß geh!
Die Schlamper hent mir mei Leich verpatzt,
Von dene will ih gar koen meh seh.

Daß die Ganove s'Gwisse net plogt,
Oh, Herr Pfarrer sind Sie bloß still.
Von dene hat mih bloß jeder gfrogt,
Ob ih den Gaul net verkaufe will."

Wenn der Hahn kräht

Er hat bestimmt de schwerste Stand
Von älle, die am Rueder send.
Er ist verantwortlich im Land
Für jeden Schüler - jedes Kend.

Es könnt für ihn viel leichter sei,
Wenn des no so wie früher wär,
Heut schwätzt ihm jeder Dackel drei,
Ond deshalb hat er's au so schwer.

E typisch's Zeiche onsrer Zeit,
Daß mancher ohne ernsthaft's Ziel
Aus purer Selbstbequemlichkeit
Studiere - ond nix lerne will.

Kei Wunder bei dem laute Gschrei,
Wie mr' zu dere Sach au steht,
Daß er - wie kann's au anders sei,
Oft manchesmal derzwische kräht.

Vergleicht mr' onser herrlichs Land
Mit e'me große Baurehof,
Dees sagt sogar mir mei Verstand,
Ond ih bin gwiß kei Philosoph.

Es erntet jeder, was er säht,
Drom möcht ih meine; achtet drauf:
Wenn auf em Hof kei Hahn meh' kräht,
Wacht au dr' Bauer nemme auf.

Der Fuhrmann

Er hat s'Leitseil fest in der Hand,
Ond seine Gäul au guet in Pfleg.
Er fahrt mit ons durchs ganze Land,
Er kennt sein Weg ond jeden Steg.

Er macht dabei kein laute Krach,
Im Gegeteil, er wahrt sein Stil,
Versteht sei Gschäft ond macht sei Sach.
Kann einer sage, was er will.

Er ist bescheide - wie mr'n sieht.
Er ist net z'jong ond au net z'alt.
Er liegt für ons grad in dr' Mitt' -
Ond so en Fuhrmann braucht mr' halt.

Sind au oft Stänkerer am Werk,
Die meinet, daß sie gscheiter sin,
Er ziegt sein Karre nuf de Berg -
Ond mir hocket bloß drin.

Am Keltereplatz

Am Keltereplatz neulich e jämmerlichs Gschrei
E Weib haut wie wild auf ihr Büeble nei
Mit e'me Wengertprügel, daß's no so kracht.
Ih frog entrüstet: Was hat er denn gmacht?
Daß Sie so uf den Kerle neischlaget.
Was glaubet Sie denn, was do d'Leut drzue saget?
Dees schneidt oem jo s'Herz ab, dees elendig Gschrei.
Ih hätt guete Lust ond hol d'Polizei.
Do bin ih aber an de Richtig komme.
Dui hätt mih am liebste au vorgnomme.
„Was der gmacht hat?" schreit sie, „de Größenwahn hat er.
Der möcht Fürz lau könne so laut wie sei Vadder.
Stellt sich grottebreit na - druckt oefach druf los -
Ond dees goht halt regelmäßig in d'Hos.
Drom mueß mr deam Dreckfinke d'Flügel stutze.
- Wer därf dui Sauerei jedesmal putze?"

Der Mutter ihr Häusle

Sie hatte es sich selbst erspart, als Witwe aus dem ersten Weltkrieg, und durfte es erleben, in voller geistiger und körperlicher Frische ihren zweiundneunzigsten Geburtstag zu begehen. Grund genug für uns - ihre beiden Söhne, sowie für die weitere Verwandtschaft, mit Blumen und Geschenken bewaffnet, zur Gratulationscour an diesem ihrem Ehrentag vor dem Häusle aufzukreuzen. Schon bei der Anfahrt waren wir baß erstaunt, denn es erstrahlte im hellsten Glanz, - ihr Häusle. Stand es doch seit Jahrzehnten in dem altgewohnten grauverwitterten Gewand, und jetzt diese neuaufpolierte Fassade. Mit sichtlich befriedigtem Schmunzeln empfing sie uns unter der Haustür, gewissermaßen um uns den Eingang zu versperren. Wir sollten erst einmal sehen, was sich getan hatte, und ob ihr die große Überraschung gelungen war.

Die Geschenke bei Fuß mußten wir zunächst einmal die Wandlung bewundern und wir taten ihr gerne den Gefallen. „Mama“, sagte mein Bruder, „Dein Haus ist ja nicht mehr wiederzuerkennen, wie hast Du denn das gemacht?“

„Ja“, sagte sie stolz, „ich hab es frisch verputzen lassen.“ Dabei strich sie mit ihren zitternden Händen liebkosend über den nagelneuen Anstrich.

„Wißt Ihr," meinte sie schelmisch, „der Gipser wollte mir so einen gewöhnlichen Verputz aufreden, der wäre viel billiger und genüge auch. Ich habe aber darauf bestanden, daß er diesen Edelputz verwende, denn was hab ich schon von der einfacheren Ausführung? Dann darf ich das Häusle nach zehn Jahren wieder neu richten lassen.

Und da soll mich noch einer fragen, wo ich's herhabe."

Oh heilige Einfalt

Der Herr Dekan hatte sich bei den ABC-Schützen in der Religionsstunde zum Besuch angemeldet, und der Herr Lehrer bemühte sich nun im Schnellverfahren den begabtesten seiner Sprößlinge wenigstens einen kurzen Bibelspruch einzupauken. Das schien auch einigermaßen zu klappen, nur mit dem kleinen Theobald Scheuerle hatte er Schwierigkeiten. Immer wenn er aufgerufen wurde, blieb er vor Aufregung mitten im Satz stecken. „Na ja," meinte der Lehrer, „die anderen können ja ihren Spruch, und an dem Tag, an dem der Herr Dekan kommt, setzt du dich ganz einfach hinten in die letzte Reihe, damit er garnicht auf den Gedanken kommt, etwa ausgerechnet dich zu fragen."

Und der Herr Dekan kam. Allerdings eine Woche zu früh, weil er sich infolge seiner Überarbeitung im Terminkalender geirrt hatte.

Plötzlich stand er eines Morgens unerwartet im Klassenzimmer. - „Guten Morgen Kinder!" - „Guten Morgen Herr Dekan!" - „Setzt euch", sprach der geistliche Herr, und die ganze Klasse saß. Nur der kleine Theobald packte seine Sachen zusammen, ging den Mittelgang entlang und nahm ganz hinten in der letzten Reihe Platz. So war es doch mit dem Herrn Lehrer seit Wochen vereinbart worden.

Und nun kamen die routinemäßigen Fragen, und es machte dem hohen Herrn sichtliche Freude, wie die einzelnen Bibelworte aus den kleinen Plappermäulchen nur so herauspurzelten. Dann aber geschah es. Irgendwie mußte ihm der Theobald aufgefallen sein, und er steuerte auf ihn los. Sofort mischte sich der Klassenlehrer dazwischen: „Herr Dekan, das ist unser Theobald, der weiß nichts." „Das kann man ja nie im voraus sagen", meinte der Dekan. „Lassen wir es auf einen Versuch ankommen." Dabei setzte er sich neben den Kleinen auf die Bank und fragte ihn, ob er auch einen Bibelspruch wisse.

Da fing der Bub an zu schluchzen, und die Tränen kullerten über sein sommersprossiges Gesicht. „Herr Dekan", sagte er, „die Bibelsprüch, die ich gwußt hab, habet meine Kamerade alle scho aufgsagt. Jetzt weiß ih kein mehr."

„Das ist dann auch nicht schlimm, Theobald, ich bin ja noch eine Weile da. Sollte dir noch ein Sprüchle einfallen, dann darfst du dich ruhig melden." Dann schritt er durch die Bankreihe, ließ sich einige Hefte zeigen, und wie er gerade so am Ende seiner Inspektion angelangt war, streckte der kleine Theobald sein Fingerle in die Höhe und rief laut durch den Saal: „Herr Dekan, jetzt ist mir noch einer eingfalle.“

Der geistliche Herr wechselte mit dem Klassenlehrer einen verständnisvollen Blick, ging zu dem Buben, und setzte sich neben ihn. „Siehst du“, meinte er, „ich hab es geahnt, daß du auch etwas weißt. Nun sage uns deinen Spruch, laut und deutlich, damit es die ganze Klasse hören kann.“

Der Kleine schlang seine Ärmchen um den Hals des Geistlichen, sah ihm vertrauensvoll in die Augen und deklamierte: „Weiche von mir Satan, denn du bist mir ein Ärgernis.“ Der Dekan nahm den Buben in seine Arme - und küßte ihn.

Mutti am Steuer

„Du, wenn du mir fufzig Pfennig gibst,“
Sagt zu sei’m Freund der klei’ Eberhard,
„Därfscht du zuegucke, wie mei Mame
Rückwärts in unser Garag’ nei’fahrt.“

Professor Gnant

Unlängst flog mir frühmorgens eine offizielle Einladung des „Vereins der ehemaligen Gymnasiasten“ unversehens auf den Frühstückstisch. Ich verspürte zunächst keinerlei Lust, mich unter die ehemaligen Lehrer und Schüler zu mischen. Wer sollte da von meinem Jahrgang noch am Leben sein? Dann aber stand er vor meinem geistigen Auge plötzlich wieder ganz deutlich vor mir: Unser ehemaliger allgewaltiger und gefürchteter Zeichenlehrer Professor Gnant. Seine Körperfülle war kaum zu übersehen und gab uns Schülern reichlich Anlaß zu bösartigen und spitzen Bemerkungen, die wir während der Pause ungeniert unter dem Gelächter der ganzen Klasse an die Tafel malten. Wenn er dann nach dem Klingelzeichen ahnungslos den Zeichensaal betrat und seine eigene Karikatur besah, konnte es passieren, daß er den Schwamm ergriff, sich vor die Klasse hinstellte, und mit seinem gewaltigen Organ fragen konnte: „Wer war das?“ Meldete sich nun der reuige Sünder, was übrigens meistens geschah, gab er ihm den Schwamm in die Hand und sagte: „Lösch das aus. Wenn deine Zeichnung auch kein Meisterwerk ist, so stimmt sie doch irgendwie.“ So konnte er sein.

Ich besuchte damals gerade die fünfte Klasse und

wir standen kurz vor der Versetzung, die ich wahrscheinlich mit Mühe und Not gerade noch geschafft hätte, wenn „Sie“ mir nicht dazwischengekommen wäre. Sie war unverschämt blond und bedeutend größer als ich. Ich konnte mit Recht zu ihr aufschauen, denn dort, wo sie Rippfellentzündung zu haben pflegte, konnte ich höchstens über Kopfschmerzen klagen. Dennoch folgt' ich errötend ihren Spuren, und vergaß dabei Klassenarbeiten - Versetzung und alles, was mit der Schule zusammenhing. Daß das nicht gut gehen konnte, erklärte mir unser Klassenlehrer eines Tages in unmißverständlichen Worten mit dem Satz: „Veidt, nimm's nicht tragisch, du bist ja noch jung, und wirst die Klasse noch einmal wiederholen.“

Da wachte ich auf aus meinem Liebestraum. Sitzenbleiben war für mein Elternhaus einfach nicht denkbar, und von Stunde zu Stunde wurde ich mir immer klarer darüber. Ich dachte an Fälle, in denen gefährdete Schüler nach Hamburg auswichen, um sich dort als Schiffsjunge anheuern zu lassen. Aber wie sollte ich nach Hamburg kommen?

Endlich fiel mir der Revolver ein, den mein Vater in seinem Schreibtisch verschlossen hatte. Jedoch hätte mich ein aufgebrochener Schreibtisch sofort verdächtig gemacht.

Nun ging an unserer Schule ein Gerücht um, nach dem gerade dieser Professor Gnant schon manchem Schüler in letzter Minute geholfen haben sollte. Man brauche ihm nur einige Zeichnungen nachträglich abliefern, und er würde die Zeugnisnote des Betroffenen aufbessern. In meiner Verzweiflung entschloß ich mich zu diesem schweren Gang. Die paar Zeichnungen waren rasch hingehauen, und so stand ich klopfenden Herzens an einem schulfreien Mittwochnachmittag in unserem Zeichensaal vor seinem Pult. Er schien trotz mehrmaligen Anklopfens mein Eintreten garnicht bemerkt zu haben, so sehr war er in seine Arbeit vertieft. Vielleicht tat er aber auch nur so. Mit zitternden Händen schob ich ihm meine Zeichnungen auf den Tisch.

Er nahm seine Brille ab und musterte mich mit der Frage: „Was willst Du Kerle?“ Und dann entwickelte sich folgender Dialog:

„Wenn der Herr Professor erlauben, möchte ich nachträglich zwei Zeichnungen abliefern, um meine Zeugnisnote etwas zu verbessern, weil ich sonst durchhagle.“

Er sah mich streng an und sein Gesicht verfärbte sich wie ein Chamäleon. Dann schob er seine breiten Schultern in das speckige Genick, ließ die wurstigen Finger auf die Pultplatte fallen und sprach: „Dazu ist es leider zu spät, du stinkfauler Kerl. Die Zeugnisse sind abgeliefert und liegen bereits seit zwei Tagen beim Rektorat. Geh nur wieder heim."

Obwohl ich wußte, daß mein Schicksal besiegelt war, versuchte ich es ein letztes Mal: „Wenn ich nicht versetzt werde, Herr Professor, kann ich nicht mehr heimkommen."

„Na na na", meinte er, „so streng wird dein Vater nun auch wieder nicht sein."

„Ich hab keinen Vater mehr, Herr Professor."

Er stutzte: „Was ist mit deinem Vater?"

„Gefallen am 18. Oktober in Frankreich. Landsturmbataillon Biberach, IV. Kompanie."

Da nahm er langsam die Brille ab, steckte sie in das Futteral und verschloß die beiden Zeichnungen, ohne sie besehen zu haben, in seiner Schublade.

Heute weiß ich nicht mehr, wie ich damals aus dem Zeichensaal wieder herausgekommen war. Ich weiß nur noch, daß mir unser Klassenlehrer Professor Bonhöfer am nächsten Tag während der ersten

Unterrichtsstunde nach der großen Pause mitteilte, daß ich in die Klasse VI versetzt werde.

Was für ein Mensch wäre aus mir geworden, wenn dieser Professor Gnant damals kein Mensch gewesen wäre.

Die Affekthandlung

(Die Szene spielt in einem Gerichtssaal)

DIENER *(Ruft in den Saal)*
Zum Aufruf kommt der Fall Mühsamer gegen Betzner. Bitte eintreten.

RICHTER Sie sind der Maurerpolier Gotthilf Betzner?

BETZNER Jawohl.

RICHTER Antworten Sie bitte mit ja oder nein; wir sind hier nicht beim Militär.

BETZNER Zu Befehl.

RICHTER Geboren?

BETZNER Jawohl.

RICHTER Ich meine doch Ihr Alter.

BETZNER Der isch g'storbe.

RICHTER Wie alt habe ich gefragt.

BETZNER Mit 82 isch er g'storbe.

RICHTER Ich meine doch Sie.

BETZNER Ja, ich leb noch.

RICHTER Ich möchte wissen, wie alt Sie sind.

BETZNER Ich werd 64.

RICHTER Ich habe nicht gefragt, wie alt Sie werden, sondern wie alt Sie heute sind.

BETZNER Ja, da könnt mr vielleicht sage, ich sei gestern 63 g'wese.

RICHTER Sind Sie vorbestraft?

BETZNER Nein, immer erscht nachher.

RICHTER *(Läutet mit der Glocke)*
Ruhe, sonst laß ich den Saal räumen.

(Er spricht weiter.)
In der Anklageschrift heißt es, Sie sollen am 24. Oktober vergangenen Jahres Ihren Arbeitskollegen, den Maurergesellen Karl Mühsamer aus einem Neubaugebäude vom 4. Stock zum Fenster hinausgeworfen haben.

BETZNER Des isch scho verloge.

RICHTER Wieso?

BETZNER Das war aus em 5. Stock.

RICHTER Um so schlimmer.

BETZNER Ja, ich hab bloß des g'macht, was der von mir verlangt hat.

RICHTER Sie wollen doch dem Gericht nicht weismachen, daß der Kläger mit diesem Rohheitsdelikt einverstanden war.

BETZNER Ha, es isch dem ja nix passiert. Der schafft scho lang wieder, der isch zäh wie a Katz.

RICHTER Ob der Kläger dabei Schaden erlitten hat, steht hier nicht zur Debatte. Hier geht es einzig und allein darum, festzustellen, was Sie zu dieser Tat veranlaßt hat. Erzählen Sie uns also kurz, wie sich der Fall am 24. Oktober vergangenen Jahres zugetragen hat.

BETZNER Ha, des isch glei verzählt.

RICHTER Also, dann fangen Sie an.

BETZNER Von vorne?

RICHTER Natürlich von vorne.

BETZNER Also, i bin an sellem Nachmittag, so um dreiviertelzwölf rum, auf dem Neubau im 5. Stock drobe g'stande und hab g'wartet.

RICHTER Woraufhaben Sie gewartet?

BETZNER Auf's Zwölfe schlage, und der Mühsamer's Karle isch neben mir g'stande und hat mir g'holfe. I sag zu ihm „Karle, des da kann i vollends allei mache. Du gescht jetzt nunter und holscht no 'n Kübl Speiß ruf, damit m'r nach em Mittagesse glei wieder weiter mache kann." Und da hat d'r Mühsamer's Karle a freche Gosch ghet.

RICHTER Angeklagter, Sie stehen hier vor Gericht und haben sich einer anständigen Ausdrucksweise zu bedienen.

BETZNER Ja, des hab i auch zu ihm g'sagt, aber der hat einfach a freche Gosch ghet.

RICHTER Ein vorlautes Mundwerk wollen Sie wohl sagen?

BETZNER Ja, so kann man's natürlich auch sage.

Ich hab mir das ganz höflich von ihm verbete und hab im Guten zu ihm g'sagt: „Karle, wenn Du Dei Gosch net halscht, na schlag i Dir eine an Rüessel na.“

RICHTER *(Haut empört auf den Tisch)*
Also, so geht das auf keinen Fall weiter.

BETZNER Ja, des hab i g'sagt, sonscht geht's nach dem Mittagesse net weiter. „Ich geb Dir jetzt den dienstlichen Auftrag, daß Du nunter gehscht und noch an Kübel Speiß raufholscht.“

RICHTER Und dann?

BETZNER Na hat er no ebbes bruddelt.

RICHTER Bitte?

BETZNER Er hat noch etwas gebrudelet. Ischt aber dann doch nunter, und wie er nach 10 Minute wieder raufkommt, hat er wieder a freche Gosch ghet. Ich sag zu ihm: „Bürschle, wenn mir die Bruddlerei net aufhört, schlag i Dir no mei Wasserwaag auf de Kürbis nuf."

RICHTER Das kann doch kein Mensch protokollieren, sprechen Sie doch Deutsch.

BETZNER Des war deutsch.

RICHTER Drücken Sie sich doch einmal verständlich aus.

BETZNER Also, ich habe ihm gesagt, ich habe ihm mitgeteilt, ich habe ihm kundgetan, daß ich die feste Absicht hä-habe, meine Wasserwaage auf sein - Haupt zu verpas - zu versetz - zu legen. Und da hat der mit dem Speiskübel auf mi los welle. I han em aber glei so eine verpaßt, daß er mitsamt dem Kübel en'd Wanne neifloge ischt. Und dabei, Herr Amtshof, hat dieser

Mann einen Ausdruck ausgestoßen, also übelster Art.

RICHTER Warum, was hat er denn gesagt?

BETZNER Er hat zu mir gesagt, ich könne ihn – das heißt, ich soll ihn sogar.

RICHTER Was?

BETZNER Ha, den Wandspruch vom Ludwig Uhland aus Berlichingen hat er auf-g'sagt.

RICHTER *(Schmunzelnd)*
Sie meinen wohl das Zitat aus dem Götz von Berlichingen, das ist aber nicht von Uhland sondern von Goethe.

BETZNER Des hab i in der Aufregung au nimme feststelle könne. I hab bloß zu ihm g'sagt, wenn er des no einmal sag', dann nemm'en, heb en hoch und halt en mit dem steife Arm zum Fenster naus.

RICHTER Weiter.

BETZNER Und na hat er's nomal g'sagt. Und da han en g'nomme. *(Packt den Richter am Kragen.)* So han i den g'nomme, hochg'hobe und mit dem steife Arm aus em 5. Stock zum Fenster naus-g'halte.

RICHTER Weiter, weiter.

BETZNER Jetzt hat der natürlich g'schria, läster-lich hat der g'schria.

RICHTER Was hat er geschrien?

BETZNER Der hat immer g'schria: loslasse, los-lasse!

RICHTER Ja und dann?

BETZNER Na han i'en losg'lasse.

RICHTER Die Sitzung ist geschlossen.

Der Bruddler

Der Mai ist gekommen, die Bäume sind ausschlaggebend und wir müssen dem Dichter zustimmen, wenn er begeistert singt: „Drauß ist alles so prächtig.“ Wenn es nur daheim etwas gemütlicher wär'. Aber im trauten Heim darf es um diese Jahreszeit gar nicht gemütlich sein, weil der Dichter an anderer Stelle sehr treffend sagt:

„Drinnen aber ist's fürchterlich.“
Da schaltet und waltet die süchtige Hausfrau.
Und wo rohe Kräfte sinnlos walten,
Da läßt sich kein Gebild gestalten,
Und jede Hoffnung wird zuschanden,
Da werden Weiber zu Hydranten.

Jedes Jahr die gleiche Situation. Kaum ist die fahrplanmäßige Maiensonne pünktlich eingetroffen und schon erwacht die Vorsteherin des gemeinsamen Haushalts zu neuen Taten.

Es ist eine Schwäche der deutschen, insbesondere aber der schwäbischen Dame des Hauses, mit dem alleszerstörenden Großputz zu beginnen. Das gegeschieht dann auch mit einer bis zum Letzten entschlossenen Konsequenz. Da wird der Staubsauger in Stellung gefahren und das Kopftuch aufgetürmt. Gleichzeitig wird der Batscher geschwungen und der Rest am Boden zerstört. Die Wohnung wird zum Tribunal. In jedem Zimmer steht eine Bockleiter mit einem darauf befestigten Maler. Der reißt mit brutaler Gewalt den Gips von der Decke, die Tapeten von sämtlichen Wänden - und unter dem Trommelfeuer des Teppichklopfers bricht die moralische Widerstandskraft des Hausherrn zusammen. So steht sie wie ein bis zum äußersten entschlossener Feldherr, kopftuchbekränzt - die Nylonstrümpfe auf Halbmast zwischen den Trümmern ihrer alles vernichtenden Strategie.

Der Hausherr selbst - wie ein verlassener Hund, der auf dem Volksfest seinen Herrn verloren hat, hagelt über sämtliche Putzeimer und Spülkübel und sucht in seiner letzten Not das letzte was er in dieser Wohnung überhaupt noch zu suchen hat: Das Weite.

Drum prüfe, wer sich ewig bindet,
Ob sich nicht eine Putzfrau findet.

Vom König seine Spitzerle

Wilhelm II., unser letzter König, dem ich noch als Schüler Spalier stehen durfte, hatte zwei weiße Spitzerhunde, die ihn bei seinen täglichen Spaziergängen regelmäßig begleiten durften. Welches Staatsoberhaupt könnte sich das heut noch erlauben, sich zu Fuß ohne Sicherheitsbullen auf die Straße zu wagen.

Unser König konnte das – und er könnte es heute noch. Er gab kaum große Empfänge, aber er begab sich mit Vorliebe unter sein Volk. Das war nichts Außergewöhnliches, sondern eine Selbstverständlichkeit. Wenn der Monarch auf der Königstraße in Stuttgart seine Einkäufe machte, nahm jeder Bürger vertraulich seinen Hut oder seine Mütze ab und konnte sagen: „Grüß Gott au Majestät“, und vor jedem seiner Untertanen nahm er ebenfalls höflich dankend den Hut ab.

Auch war er sehr stolz darauf, daß Stuttgart unter allen Landeshauptstädten des Deutschen Reiches die größte Weinbaugemeinde darstellte. So durchstreifte er gerne hin und wieder mit seinen Hunden die Stuttgarter Traubenhänge.

Als er eines Tages wieder einmal mit seinen Spitzerhunden durch die belaubten Rebenhügel ging, trat plötzlich so ein Stuttgarter Wengerter aus seinem Weinberg heraus. Dem König direkt in den Weg.

Majestät nahm das gelassen, - aber die Spitzerhunde waren derart geschreckt, daß sie sich wütend und laut bellend auf den Mann stürzten und ihm an die Hosen fuhren. Ja, - was war zu machen, die Hose war zerfetzt.

Dem König war das äußerst peinlich. Er entschuldigte sich in aller Form:

„Es ist mir leid", sagte er zu dem Wengerter, ich werde ihm natürlich den Schaden ersetzen, und er gab dem Mann ein Zehnmarkstück in Gold, damit er sich eine neue Hose kaufe. - Wochen waren darüber vergangen als der König wieder einmal seinen Weg durch die Weinberge nahm. Und wieder an derselben Stelle kam der Wengerter aus seinem Weinberg heraus, als ob er den König erwartet hätte.

Ehrfurchtsvoll nahm er seine Kappe ab und blieb vor dem Monarchen stehen. Eigenartigerweise nahmen die beiden Spitzerhunde diesmal überhaupt keine Notiz von dem Bauern. Sie standen gewissermaßen Gewehr bei Fuß.

„Oh", sagte der König, „wir kennen uns doch, ich

denke, er hat den Schaden mit der zerrissenen Hose von damals verschmerzt. Oder hat er noch etwas auf dem Herzen?“

Der Wengerter druckste etwas herum, dann aber nahm er sich ein Herz: „Majestät“, sagte er, „en schöne Grueß von meim Weib - ond ob Sie net Ihre zwei Spitzerle nomal auf mih hetze möchtet, mir könntet des Geld so notwendig brauche.“

Der Rammler

Eine Straßenkehrerszene

KARLE Du Gottlob!

GOTTLOB *(döst vor sich hin)*

KARLE Sag amol, bist du schwerhörig?

GOTTLOB Ha?

KARLE Ob du schwerhörig bist?

GOTTLOB Ih versteh net.

KARLE Ob du net gut hörst?

GOTTLOB Wer?

KARLE Du.

GOTTLOB Ih?

KARLE Ja.

GOTTLOB Warum?

KARLE Weil ich dir gestern abend noch was nachgerufe hab wie du in dei Gebrauchtwägele eingstiege bist.

Gottlob Ih hab nix ghört.

KARLE Menschenskind, dabei hab ich gschriee wie ein Dackel.

GOTTLOB Wie wer?

KARLE *(lauter) Wie ein Dackel.*

GOTTLOB Ich hab kein Dackel schreie höre. E Hund hat bellt, aber des war kei Dackel. Des war e Mischling, so e afrikanischer Karreschnauzer. Dackel hab ich kein mehr gsehe – nachdem du weg warst.

KARLE Eigentlich hab ich mich drauf eingstellt ghabt, daß du heut gar net in de Dienst kommst.

GOTTLOB Du siehst doch, daß ih da bin.

KARLE Weil du doch gestern gsagt hast, du wolltest heut daheim bleibe, du müßtest dein Garte umschore.

GOTTLOB Des hab ih au fest im Sinn ghabt. Deshalb bin ih gestern abend no zu unserem Personalchef gange und hab ihn gfragt, ob ich net heut daheim bleibe könnt, ih möcht mei Gärtle omschore.

KARLE Und der hat natürlich nein gsagt, der Gluvemichel.

GOTTLOB Zuerst hat er net richtig dra'na wölle. Wie ich ihm aber dann erklärt hab, daß ich sowieso no en Tag Urlaub gut hätt, hat er gmeint: „Also gut, dann bleibe Sie ebe morge daheim."

KARLE Warum bist du dann trotzdem heut zum Dienst erschiene?

GOTTLOB Ha, wie mich dann heut morge mei Lina um halb sechse gweckt hat, bin ih auf eimal so arg müd g'worde, daß ih gsagt hab: „Du Lina, ih bin heut zu müd zum Schore, – ih geh lieber ins Gschäft."

KARLE Des sieht dir gleich, dabei brauchst du doch des Grünfutter für deine Hase. Aber du, dei Rammler, der kann mich net leide, der motzt immer so, wenn ih an seim Stall vorbeikomm. Aber ein Prachtsfell hat er, des muß ihm der Neid lasse.

GOTTLOB Der hat au scho etliche Preis gmacht auf der Ausstellung. Vor vierzehn Tag war ich mit ihm in Mannheim auf der Jahrestagungsschau, da hat er au de Erste gholt. Zwei Tag sind mir dronte gwese; dreihundert Züchter mit Damen.

KARLE Was, dann war dei Frau au mit?

GOTTLOB Des hätt die sich net nehme lasse als Züchtersgattin.

KARLE Dann habet ihr im Hotel übernachte müsse?

GOTTLOB Nein privat bei einem stinkreiche Möbelgroßhändler. Dem ghört dort die halb Straß. Eine Schaufensterfront hat der, des kannst du dir nicht vorstelle. Und ein Fremdezimmer habet die uns hergrichtet ghabt aus amerikanischem Palisadenholz mit so einem breite französische Doppelbett, und überall sind Getränke romgstande: Cognacflasche, Bier, Weinflasche und Sekt. Alles zu unserer Verfügung. Unsere Gastgeber habet uns jeden Wunsch von de Auge abglese.

KARLE Ja, die Badener sind immer gastfreundliche Leut gwese - sogar zu uns Schwoba.

GOTTLOB Und dann habet sie immer gsagt, wir sollen uns doch bediene und uns wohlfühle und uns so benehme als ob mir daheim wäret.

KARLE Um Gotteswille!

GOTTLOB Und der Hausherr hat dauernd zu meiner Lina „Gnädige Frau“ gsagt. Des ist dere wie Öl nunterglaufe, die ist dabei aufgange wie e Dampfnudel. Die war derart gerührt, daß ih gsagt hab: „Deshalb brauchst du doch net heule, du saudumms Luder!“

KARLE Ja, ih kann mih au überall mit meiner Gattin sehe lasse. Da hent sie mih scho oft gfrogt wo ih die bloß herhab.

GOTTLOB Des hab ih mih au scho gfrogt.

KARLE Bitte?

GOTTLOB Und an meim Rammler habet se e

Freud ghabt. Die Frau Möbelhändler hat zu ihrem Mann gsagt: „Da nimm dir e Beispiel, des ist wenigstens no e Kerle!“ - Zum Mittagesse waret mir natürlich au einglade, obwohl mir scho vorher dreimal gvespert ghet hent.

KARLE Da habet ihr aber e gut's Haus verwischt.

GOTTLOB Abends war dann großer Züchterball im Festsaal mit einer Bombekapelle. Mei Lina hat tanzt wie der Lomp am Stecke. S'Möbelhändlers habet uns natürlich en Hausschlüssel mitgebe, falls es später werde sollt, hent se gmeint. Es ist aber früher worde, morgens halb viere.

KARLE Na ja, ihr habet ja en Hausschlüssel dabei ghabt.

GOTTLOB Ja, aber bis mir zu dem Schlüssel das passende Loch gfonde hent in der

Dunkelheit. Licht wollte mir kein's mache, damit unsere Hausleut net merke solltet, daß mir so spät heimkommet. Aber mir hent schließlich nei'gfunde. Von da ab weiß ih eigentlich nix meh. Ih weiß bloß no, daß mir in einen totenähnlichen Schlaf gfalle sind bis zum helle Nachmittag. Ih wär au da no net zu mir gekomme, wenn ih net durch einen fürchterlichen Aufschrei von meiner Lina wach worde wär. Ih hab langsam meine Auge aufgschlage, und was soll ih dir sage: Stehen da doch so zirka hundertfünfzig Mensche vor unserer Bettlad. – Mei Lina hat die Leut anbrüllt: „Was wollet Sie denn in unserer Schlafstub?" Ih hab bloß no sage könne: „Lina, was heißt do Schlafzimmer, mir lieget im Schaufenster."

KARLE Ja no, in Mannheim hat euch ja keiner kennt. – Da ist mir ebbes viel schlimmeres passiert, grad am Samstag. Mir waret doch bei der Familie Fröschle eingelade zum Geburtstag. - Da seid ihr übrigens vermißt worde.

GOTTLOB Ja, da wäret mir au gern komme, wenn mir net in Mannheim gwese wären. War's denn lustig?

KARLE Lustig ist gar kei Ausdruck. Des war so lang lustig, bis dann dr Kellebeck am Schluß de Kachelofe mit der Toilette verwechselt hat.

GOTTLOB Und wie lang hat's dann dauert?

KARLE Genau 2,5 Promille zu lang.

GOTTLOB Was heißt 2,5 Promille zu lang?

KARLE Da war ih bei der Blasmusik - mei Führerschei ist weg.

GOTTLOB Mein Gott Walter!
Aber so ebbes macht mr au net.

KARLE Ih han ja au net wölle, aber die Poliziste hent eifach verlangt, ih soll blase.

GOTTLOB Also mit 2,5 Promille setz ih mih einfach nicht mehr ans Steuer.

KARLE Wie machst es dann du?

GOTTLOB Beim letztemal hab ich's so gmacht: Da hab ih mein Führerschei im voraus gleich freiwillig abgebe. Ih bin ans Telefon gange, hab die Polizei angrufe und hab gsagt, sie möchten auch vorbeikomme und mein Führerschei abhole, ich sei jetzt soweit.

KARLE Sind die dann gekomme?

GOTTLOB Prompt. – Nach drei Viertele waret die da und habet mich noch sehr gelobt: Es sei hochanständig von mir, und wenn alle Kraftfahrer so vernünftig wären, würde viel weniger auf unsere Straße passiere. Ich soll am nächste

Tag gelegentlich auf der Wache vorbeikomme und mir mein Führerschein wieder abhole.

KARLE Ja ond dann?

GOTTLOB Dann sind die gange.

KARLE Ond du?

GOTTLOB Ih bin heimgfahre.

Die Kühlerhaub

(Bürgersteig vor einem Sozialwohnbaugebäude)

DARSTELLER ein deutscher Schäferhund und eine läufige Boxerhündin

HÜNDIN *(bellt zum vierten Stock zum Balkon hinauf:)*
Nero! Wau-wau, komm doch e'bißle ronter, no spiele mir mitnander.

NERO Ih kann net, ih bin eingschlosse. Meine Zweibeinige sind in d'Stadt gfahre zum Einkaufe, und ih soll auf d'Wohnung aufpasse.

HÜNDIN Hopf doch einfach. Du hast ja die Dressurprüfung mit Ia bestande. Des muß für dich e' Kleinigkeit sei.

NERO Von wege Kleinigkeit!Wie stellst du dir denn dees vor?

HÜNDIN *(schwanzwedelnd)*
„Ach Nero, du schaffst des scho. En

Satz über die Brüstung mit em Kopf voraus."

NERO „Von wege mit dem Kopf voraus."

HÜNDIN „Was sind scho vier Stockwerk für en Kerle wie dich?"

NERO Und wenn ih hopfe dät, - komm laß mir mei Ruh, - müßt ih nachher au mit so're ei'dätschte Kühlerhaub romlaufe wie du.

Der Nächste bitte

(Die Szene spielt im Ordinationsraum von Dr. Unhold. Unhold kommt von links auf die Bühne. Er hat sich die Hände gewaschen und trocknet sich an einem Handtuch die Hände.) – Es klopft.

SCHMELZLE Entschuldigung, bin i da richtig beim Herr Dr. Unhold?

UNHOLD Der bin ich, nehmen Sie bitte Platz.

SCHMELZLE *(setzt sich auf einen Stuhl, neben dem sich noch ein Clubsessel befindet)*

UNHOLD Sie kommen zum erstenmal zu mir?

SCHMELZLE Jawohl. I bin scho bei e paar gwe', aber die hent älle nix gwißt.

UNHOLD *(setzt sich hinter seinen Schreibtisch um eine Karteikarte anzulegen)*
Ihr Name?

SCHMELZLE Eugen, Garteweg vier – fünfter Stock. *(hustet)*

UNHOLD Sie haben einen ganz schönen Husten.

SCHMELZLE Des freut mi, wenn er Ihne gfällt.
(hustet)

UNHOLD Geboren?

SCHMELZLE I bin halt an Martini uf d'Welt komme, na kann sich's der Herr Doktor selber ausrechne. *(hustet)*

UNHOLD Sind Sie in der AOK?

SCHMELZLE Bei wem?

UNHOLD In der AOK.

SCHMELZLE Ja, i bin beim VDK.

UNHOLD Ich meine, ob Sie in der Allgemeinen Ortskrankenkasse sind?

SCHMELZLE I bin in keiner Krankenkasse.

UNHOLD *(steht auf und wird äußerst höflich)* Also sind Sie Privatpatient, dann nehmen Sie doch bitte in diesem Sessel Platz. Und dann machen Sie sich mal frei.

SCHMELZLE Von wem?

UNHOLD *(setzt sich ihm gegenüber und untersucht seine Pupille)* Hmmm - Sie trinken ein bißchen viel?

SCHMELZLE Des hat mr mir scho oft gsagt.

UNHOLD Wieviel denn so im Durchschnitt?

SCHMELZLE Ha so meine sechs Fläschle Bier im Tag.

UNHOLD Hoppla.

SCHMELZLE Dann kommet natürlich au wieder Täg, wo i überhaupt net gnueg kriege kann.

UNHOLD Tja - Sie müßten sich vor allem einen solideren Lebenswandel angewöhnen.

SCHMELZLE Dazu ist es bei mir scho zu spät.

UNHOLD Dazu ist es nie zu spät.

SCHMELZLE Na, dann hab ich ja au noch Zeit.

UNHOLD *(klopft den entblößten Oberkörper Schmelzles ab)* Ja, also ich muß Ihnen sagen, Sie gefallen mir garnicht.

SCHMELZLE Mir geht's genauso.

UNHOLD Haben Sie öfters Beschwerden beim Treppensteigen?

SCHMELZLE Tagsüber net. Abends als, wenn i von meim Stammtisch heimkomm, da ist mir's scho e paarmal passiert, daß mir dr Schnaufer ausgange isch. Da ist es au scho vorkomme, daß i auf dr Steg ei'gschlofe bin.

UNHOLD *(lächelt amüsiert)*
Was sagt denn da Ihre Frau dazu?

SCHMELZLE Anfangs hat sie als donderschlechtig gschimpft, aber heut sagt sie nix meh.

UNHOLD Mhm, sie wird sich dran gewöhnt haben.

SCHMELZLE Jawohl - seit ich halt Witwer bin sagt sie nix meh.

UNHOLD Wie steht's denn mit dem Appetit?

SCHMELZLE Ha, wenn Sie zufällig grad ebbes dahent.

UNHOLD Nun machen Sie sich einmal ganz locker. Ziehen Sie die Beine leicht an - so.
(er schlägt mit der Handkante gegen Schmelzles Knie, der aber versteht das falsch, springt auf und droht Unhold mit dem Zeigefinger.)

SCHMELZLE Mändle - Mändle!

UNHOLD Tja - wenn Sie meinen Anordnungen nicht folgen, kann ich Ihnen nicht helfen.

SCHMELZLE I komm doch net wege mir zu Ihne, Herr Doktor.

UNHOLD Wegen wem denn?

SCHMELZLE Wege meiner Glucksere.

UNHOLD Wie heißt die Dame?

SCHMELZLE Mei Glucksere - mei Hoah - mei Henne.

UNHOLD Ach ein Huhn meinen Sie? Da sind Sie aber bei mir falsch, ich bin praktischer Arzt und Geburtshelfer. Da müssen Sie zu einem Tierarzt gehen.

SCHMELZLE Da war i doch. Scho bei verschiedene. Die hent älle nix gwißt. Jetzt han i mir denkt, i gang amol zu 'me menschliche Doktor. Was de Mensche hilft, kann meiner Glucksere au net schade.

UNHOLD Gleich ein paar Häuser weiter hat Doktor Bender seine Praxis.

SCHMELZLE Im Fresse isch se guet mei Glucksere.

UNHOLD Dr. Bender ist ein ausgezeichneter Tierarzt.

SCHMELZLE Am Fresse kann's net liege.

UNHOLD *(will ihn loswerden)*
Ja, das sagen Sie dann alles Herrn Dr. Bender –

SCHMELZLE Und lege tuet se brav ond fleißig pünktlich ihre Eier.

UNHOLD Wie gesagt, Herr Dr. Bender –

SCHMELZLE Aber wenn no die Zeit kommt, wo se brüetig wird, i moen, se hockt ganz normal uf ihre Eier nuf, und wenn no die drei Woche rum sind –

UNHOLD Dann stinken die Eier?

SCHMELZLE Jedesmal regelmäßig saumäßig. Die bringt eifach nix raus und i hann keine Bieberle.

UNHOLD Keine was?

SCHMELZLE Keine Bieberle!

UNHOLD Sie meinen wohl Küken?

SCHMELZLE Nei Bieberle.

UNHOLD Vielleicht geben Sie ihr doch nicht die richtigen Eier?

SCHMELZLE Ach was, des sind doch ihre eigene, die die selber gelegt hat. Mei Glucksere hat no nie e fremds Ei untrem Hindere ghet.

UNHOLD Vielleicht versuchen Sie es einmal mit einem Brutapparat.

SCHMELZLE Des han i au scho gmacht, genau s'gleiche Resultat.

UNHOLD Ja dann kann es eigentlich nur noch am Hahn liegen.

SCHMELZLE An wem?

UNHOLD Am Hahn.

SCHMELZLE Am Gockel meinet Sie. An dem kann's erst recht net liege - mir hent doch gar kein.

Vor Smolensk

Man schrieb das Jahr 1942 und wir lagen mit unserer Einheit vor Smolensk. Es war bitter kalt und die Verpflegung kam spärlich nach vorne. Da geschah eines Tages das Wunder. Zusätzlich zu unserer täglichen Normalverpflegung wurde eine Sonderzuteilung an Wein ausgegeben. Pro Mann ein halbes Kochgeschirr voll. Lieber Gott, wann hatte ich das letzte Viertele getrunken? - Und nun ein halbes Kochgeschirr auf einmal. Dabei versicherte uns der Rechnungsführer noch, daß es sich dabei um echten Württemberger Wein handle.

Die Nacht war ruhig und es lag nichts in der Luft. Nur von fernher hörten wir das Geschützfeuer der Russen. Aber das konnte uns an diesem Abend nicht stören. Fröhlich prosteten wir uns mit unseren Kochgeschirren zu, als ob wir Viertelesgläser in der Hand hielten. Durch die jahrelange Entwöhnung gerieten wir daher sehr bald in die ausgelassenste Stimmung, so daß ich am Ende dieser Nacht zu meinem Kompaniechef noch „Seckel“ sagen durfte.

Nun hatten wir, was damals nicht zu vermeiden war, auch einige Preußen in unserer Kompanie. Es waren brave, ehrliche und anständige Kameraden, die sich stets befleißigt hatten, sich unseren Gepflogenheiten anzupassen, was ihnen meistens gelang.

Nur an diesem Abend schienen sie doch nicht ganz mitgekommen zu sein, denn plötzlich hörten wir, wie der eine zu seinem Landsmann sagte: „Jetzt müßte man zu diesem Wein noch etwas Zucker haben.“ Wir Schwaben aber waren seelig. Hatten wir doch wieder einmal Wein getrunken: Württemberger Wein im Feindesland.

Einer von uns, der ein Kenner war, konnte sogar die Gegend feststellen, in der dieser Tropfen gewachsen sein mußte. Doch nachdem er den Rest seines Kochgeschirres ausgeschlotzt hatte, fiel ihm plötzlich der Kopf müde auf die Brust, und er vergrub das brandrote Gesicht in seinen schwieligen Händen. Ein paar verschämte Tränen verloren sich in den Stoppeln seines ungepflegten Bartes, und er weinte still in sich hinein. Er war ein Wengerter aus dem Bottwartal.

Der Schnee

Ich glaube, ich war grade vier Jahre,
Wenn ich mir mein jüngstes Foto beseh'.
Ach, damals trug ich noch lange Haare –
Und erlebte bewußt den ersten Schnee.

Dann von der guten Oma verzogen
Mit Liebe und Opfern, was ich gesteh'
Hat man mich eben zurechtgebogen.
Vor unsrem Fenster fiel leise der Schnee.

Später hat mich das Schicksal genommen
Und manchesmal fragt ich, wie's weitergeh?
Bin aber durch den Winter gekommen.
Vor meinem Fenster fiel immer der Schnee.

Dann vier Jahre in Rußland gewesen
Als einfacher Landser und U.V.D.
Durft ich im Feldlazarett genesen.
Vor unsern Fenstern fiel leise der Schnee.

Die Schwester hat mir gut zugesprochen:
Daß ich die Heimat einmal wiederseh.
Ich hatt' ihr auch die Treue versprochen,
Doch darüber fiel dann leise der Schnee.

Schließlich am Ende nach Haus gekommen
Da traf ich ein Mädel am Kanapee.
Die hab ich mir dann zum Weib genommen -
Vor unsrem Fenster fiel grade der Schnee.

So schön wie all die Jahre auch waren,
Mir bleibt nicht viel Zeit mehr, bevor ich geh.
Man sieht es an meinen weißen Haaren:
Vor meinem Fenster - fällt langsam der Schnee.

An Ulrike

Wenn ih Dih net hätt',
Ih wisst net, was ih dät
Von morgens früh bis spät;
Wer für mih laufe dät,
Dees wisst ih älles net,
Wenn ih Dih net hätt'.

Wer d'Wohnung richte dät,
Wäsche ond bügle dät,
Ond d'Knöpf na'nähe dät,
Wer mit mir schwätze dät,
Mit mir in Wald geh' dät.
Dees älles wisst ih net,
Wenn ih Dih net hätt'.

Wenn ih Dih net hätt',
Ih wisst net nachts im Bett,
Von wem ih träume dät.
Ond wenn's zom End zuegeht,
Do wisst ih wieder net,
Wer am meim Grab steh' dät
ond wer dees pflege dät.
Dees älles wisst ih net,
Wenn ih Dih net hätt',
Wenn ih Dih net hätt'.

Schlußwort

Unsere heutigen modernen Reiseunternehmen versetzen uns in die Lage, den Duft der großen Welt zu atmen. Wir sind alle zu Kosmopoliten geworden. Selbst der letzte Zipfel des Erdballs kann uns nicht mehr verborgen bleiben.

Trotzdem sollten wir nicht vergessen, hin und wieder auch einmal unser eigenes Land zu durchstreifen, um uns an Ort und Stelle an das kostbarste Geschenk zu erinnern, das uns der Boden unserer Väter vererbt hat: Flüssiges Gold - eingefangenen Sonnenschein - den schwäbischen Wein.

Inhaltsverzeichnis

Einleitung 7
Das Viertelesglas 12
Weinetikett 13
„Ruhe sanft“ 14
Der Federweiße 16
Der Sonderlinger 17
Napoleon I. 18
Jedem das Seine 19
Eine Lanze für unsere Goge 20
Unsere Dichter und ihre Weine 22
Vom Herr Innenminister 25
Vom Großvater 27
Des Sängers Fluch 29
Von der Annemarie 36
Die Bahnhofsdäuble 38
Uf dr Prag 39
D’Nudelsupp 40
Vom Waldhornwirt 41
E’ Bombeleich 42
Wenn der Hahn kräht 44
Der Fuhrmann 46
Am Keltereplatz 47
Der Mutter ihr Häusle 48
Oh heilige Einfalt 50

Mutti am Steuer 53
Professor Gnant 54
Die Affekthandlung 59
Der Bruddler 68
Vom König seine Spitzerle 70
Der Rammler 73
Die Kühlerhaub 84
Der Nächste bitte 86
Vor Smolensk 95
Der Schnee 97
An Ulrike 99
Schlußwort 100

Im Verlag Karl Knödler sind u. a. erschienen:

Rosemarie Bauer/	Do lieg i ond träum
Doris Oswald	Klärle, ons lauft d Zeit drvo
Fred Boger	Aus em Ländle
M. Bosch/J. Haidle	Schwäbische Sprichwörter und Redensarten
Fritz Joachim Brückl	Peterle vo dr Pfaffaschtub
Franz Georg Brustgi	A rechter Schwob wird nie ganz zahm
	Eine kurze Spanne Zeit
	Heiteres Schwabenbrevier
	Klang der Stunde
	Kleines Schwäbisches Wörterbuch
	Lichter spiegeln im Fluß
	Uf Schwäbisch gsait
	Schnurren um Franz Napoleon
	So send se, dia Schwoba
	Zu sein ein Schwabe ist auch eine Gabe
Kurt Dobler	Fürs Herz ond Gmüat
	Onder ons gsait
Norbert Feinäugle	Kleines Reutlinger Lesebuch
Harald Fischer	No so drhärgschwädsd
	Drondernai
Lore Fischer	Von Adam ond Eva bis zu de Schwoba
Dr. Frosch	An schimmernden Gewässern
	Auf spätem Pfad
	Reutlingen aus der Frosch-Perspektive
	Wolkenlücken
	Traumbilder
Bruno Gern	Des laß dr gsait sei
	Sonnaschei und Reaga
	Sonnawirbel
Erwin Haas	Ällaweil gradraus
	Uf da Zah' gfiehld
	Wohl bekomm's
	Württemberg, oh deine Herren!
Karl Häfner	Heimatsprache
	Mier Schwobe wearnt mit vierzge gscheit
	Vom schwäbischen Dorf um die Jahrhundertwende
	Vom Vierzger a' / Alte Leut
Georg Holzwarth	Denk dr no
Ernst Kammerer	So isch no au wieder
Karl Keller	Poetisches Hausbüchlein für Schwaben
Otto Keller	Sacha ond Sächla
	Schnitz ond Zwetschga
	's End vom Liedle
Lore Kindler	D'r Spätzlesschwob
Matthias Koch	Kohlraisle
Wilhelm König	A Gosch wia a Schwert
	Dees ond sell *(auch mit Schallplatte)*
	Du schwäddsch raus *(mit Schallplatte)*
	Hond ond Kadds
König/Lehr	Mol schwäbisch – mol badisch
Kurrle/Marx-Bleil	Froge därf mer
	Gell, do guckscht!
Alfred Leucht	Württemberg vor 500 Jahren
Hedwig Lohß	Aus meim Schwalbanescht

Eugen Lutz	Mei' Wortschatz
Manfred Mai	So weit kommts noh
Marianne Menzel	Kätherles Schternschtonda
	s' Kätherle läßt d' Katz aus em Sack
Bernd Merkle	Au no dees
	Drhoim rom
	So ain Lebdag
	So semmer hald
Helmut Pfisterer	Weltsprache Schwäbisch
Rösle Reck	Älles ischt menschlich
Marie Richter-Dannenhauer	A bonter Strauß Vergißmeinnicht
Ilse Rieger	Oder it?
Sebastian Sailer	Schriften im schwäbischen Dialekte
Adolf Schaich	Jetz isch letz
Hilde Schill	Moosrösle
	s' Schatzkämmerle
Heinz-Eugen Schramm	... Er kann mich hinden lekhen
	Kaum zu glauben ...
	Magscht mi?
	Maultasche
	Wia mr's nemmt
	Tübinger Gogen-Witze
Karl Setz	Dodeldum
Lina Stöhr	Grad zum Possa!
	Hoimetkläng
Wendelin Überzwerch	Erzähltes und Geschütteltes
	Uff guat schwäbisch
	Sprache des Herzens
Werner Veidt	Heiter fällt das Blatt vom Baum
	I möcht amol wieder a Lausbua sei
	Mr schlotzt sich so durchs Ländle
	Oh Anna Scheufele
	(Alle 3 Ausgaben auch in Kassette)
Friedrich E. Vogt	Bsonders süffige Tröpfla
	En sich nei'horcha
	Schwabenfibel
	Schwäbisch auf deutsch
	Schwäbisch mit Schuß
	Schwäbische Spätlese in Versen
	Täätschzeit
Winfried Wagner	Berno
	Bloß guad, daß i an Schwob ben
	Humor auf Schwäbisch
	Ons Schwoba muaß ma oifach möga
	Schwäbische Gschichta
	Mai lieaber Fraind!
	Mai lieaber Fraind! – Band 2
	Mir Schwoba send hald ao bloß Menscha
Rudolf Weit	Grad so isch
	Net luck lao
	No net hudla
	Ois oms ander
Willrecht Wöllhaf	... was mr grad en Strompf kommt
Heinz Zeller	De ei'gspritzt Supp

In allen Bändchen findet der Leser und Vortragskünstler humorvolle, bodenständige und »bodagscheite« Gedichte, Witze, Anekdoten und Prosatexte zum eigenen Vergnügen und zum Vortragen in fröhlichen Kreisen.